JN225777

吉田

栗原洋一

七月堂

目次

吉田

吉田

洗われている平面に、わたしを置く。

吉田。

砂の堆積《川からの？　海からの？》によっ
　てできあがった、平面。

《ワタシハ大気ニ触レ

ワタシハ呼吸シ
ヒトノ声ヲ
ワタシノ耳デハジメテ聞ク
ワタシハ眠リ　ソシテ　目醒メ
ソレラ　スベテヲ受ケイレ
宇宙ノ微細ナ　鼓動デ
アリツヅケタ》

米料理がはこばれてきた。
米のとぎ汁を、ひとはだに温めたスープ。
飲むのは、わたしだ。

祝福せよ、
わたしは誕生したのだ。
砂の地形が崩れた。

*

画布の平面の空が、わたしの記憶のねじれに
よって、とぎれている。
失われている砂の段丘。
修正。

*

角井戸附近の、
青いセロファンの扇状地の水がこぼれた。
再び、修正。

*

父からの、速達。
《根気ヨク、ヤルコトダ》

《オマエハ、ナニヲヤッテモ長続キガシ
ナイ》

鳥の影が、
窓際のトレイザーの上に落ち、
すばやい羽音をのこし、
《時ノ柵》を越え、
とびさっていった。

＊

画鋲でささえている左手の藁屋根。
「享保十七年子年冬ヨリ、丑年春マデ」
吉田、死者、…名。
いわゆる、享保の、飢饉。
(死者数、不明。何名か、わか
らない。欠落のままだ。記録
のくろい消失。再度、下調べ。
東上から向上への、散策。佐
古川の川風に吹かれて、次の
頁へ。資料の再読を、わたし
は続け——)

Sainoki 才ノ木？
Oka　岡？
Kaneshiya 兼谷？
地名の確認、
その由来について。
どのような地の風が、
ここに、起っていたのか。
急がなければならない、わたしはずいぶん遅
　れている。

＊

《無形》から《有形》へ、あるいは《有形》
　から《無形》へ、
　　《生》と《死》をともにつらぬいて
　　　《水》が動く。
　　　　では、
　　　水の画布の、
《サトウキビ畑の追剝ぎ》とは、何？
《伊予瓜のように大きいわたしの頭》とは、何？
《亥ノ子の夜の人隠し》とは、何？
《高岡新田のヒトバシラ》とは、何？

川風に吹きはらわれる、吉田浜の、
その砂上の、
さだかならぬ *imagination.*
《記憶》とは、わたしだ。
『マ・シ・バ・シ・イ・ネ・ツ・ル・カ・モ』

千地

『なあ　そこは寒いだろ
そんな　寒い　石の中に
いつまでも　引つこんでないで
ときには　出てこいよ』
深更
さらに、
深更。

二月の沖にすでに追つかれてしまつた同年の
　郷土史家とふたりして、
千地川の　砂洲をわたる。
水音に　驚き、
重い羽音を残して数羽のカササギが、恵方の
　空へ跳びさつてゆく。
その恵方の空を、
幾度も、幾度も
郷土史家は　振りかえつていて、
そのたびごとに　ひやりとした夜のうすい肩
　が、ぼくの肩にぶつかつてくる。

十六夜の、月が陰つた。
《ひさしぶりだから
　金髪シヨーでも見にいこうや》
《ぼくは　少食だから
　そんなに沢山　食べられません》
《この街も　なんどか水につかつたのだけれ
　どそのたびごとにスラツシユのように復興
　してくるんだ》
《まだ　夜は長いからね
　菅公の岡で地酒でも呑みながら座をひろげ
　ようや》

橋の石に、
葦の葉の葉擦の音がして
二年前と、同じ姿の
郷土史家が
砂洲の水辺へゆつくりと降りてゆくのを、ぼくは見ていた。

生石

我レハ生石八幡神社ノ氏子ナレバ、ソノ縁起ニ因リテ此ニ誌ス

寒日　寒夜

《人忌み》

七日　七夜

人ヲ　引カズ
言ノ葉　隠ル
石ニ　塵

巳午

巳と午の日の間で
頭(こうべ)をたれているひとは
ついにわたしではなく
わたしに相似た
他所のひとだ
川向うから
わたしを呼ぶ聲

その日は
道後から石手へ
（母を連れ）歩いて
次の日もまた日が暮れた

三つの山

伽のよる……
なにを語ろうとしたのか、母は。
かたわらの、わたしに。

一毛の、
母。

わたしに、答えよ。
わたしに、答えよ。

三つの山が、
　追ってくる。

奥島

母の口がうごく
しかしそれは言葉にならない
母の息が
かすかに洩れ
眸がゆらぐ
言葉にならない
母の息が

わたしの白い紙の上に
言葉をそよがせる

*

気温がさがった
母の息が
みだれ
不規則になる
ぜうぜうと
母の肺が鳴る

病室の
ベッドの上に
青い月が沈んでいく

*

動物公園前の
冬のベンチに
わたしは父と肩を並べて
空港行のバスを待っていた
いつのまにか

小さくなっている父の体軀
その体軀が
わたしの一挙手一動を
全身で知ろうとしている
公園前の
ゆるやかなカーブをえがいて追ってくる
死を
路面電車を
日ののこる冬のベンチに
わたしは父と腰を下ろして
見つめていた

*

土塀が
ながくつづく
御手洗川からの疎水
細い水のながれ
疎水にしたがってわたしは歩行をすすめていた
湯築の岡のすぐ上を
低い雲が
つぎつぎとすばやい動きで東の空へ動いて行く

なにかを
わたしはいつも待機している
と思えた
それがなにか
わからぬままに
わたしはいつも待機している
とわたしには思えたのだ
昼の星がうつる
御手洗川の疎水に

*

（真夜中ニナルト
アシカヤアザラシノ泣キ声ガキコエテキマス）

（マダ　日ガ射シテキマセン
毛布一枚デ寒クナイデスカ）

（茶箪笥ニ
水薬ガアリマスカラトッテキテクダサイ）

（アノヒトタチハ　モウトックニ

夜ノ方へ帰ッテイッテシマイマシタ）

（コノベッドハ
水ガアフレテキテシヨウガアリマセン）

*

木の裂け目
石の裂け目
地の裂け目

わたしが立止まっている
昨日の昼に
もう二度と
戻ってこないひとのすがたを
日光写真の陰影に
わたしは移行させようとしていた
追い越すことのできない
昨日の昼に

*

繊いチューブを滴ってくる糖液
鼻から胃へ
と糖液はつたい
母の手を
わたしは
にぎりしめている
夜が来て
再び
母の肺が
ぜうぜうと鳴る

*

俳人の
帽子とステッキを
ガラス・ケースに展示している博物館
（応接はたちまちのうちに過ぎた）
ロビーの窓からは
イサニワの岡の
温泉街のホテル群が
眺められた
（小亭にわたしたちは憩い）

かつて俳人が散策した鴨渓と称ばれる小庭も
眺められるはずであったが
(茶湯を一服わたしたちは所望し)
私有された渓流と紅葉は
高塀と樹木によって閉ざされていた
(応接はたちまちのうちに過ぎ…)

*

御竹藪の堀にそって
(見守ることが…)

小砂利を踏みながら
（見守られることであった）
枯蓮の切り通しを
（母の息がふるえ）
歩測すれば
すぐ崩れてしまう
砂土手を
（母の息をしたいながら）
湯築イサニワの近在を
その日
わたしは往き暮れようとしていた

西

幾重にも
折れまがっている砂土手の
外部ではなく
内部に
きのうの約束の
白骨の腕は突きだされるのであったが
《ぼくが

きみに
何も
話すことはないし報告することもない》
《きみが
ぼくに
何も
話すことはないし報告することもない》
崩れてゆく　砂の言葉を
月の砂洲にかさね
ひとりわたしは　対座をといて
冷えてゆく砂土手に

寺西の
タクシーをひろった
吉田街道の
浮田の
置き去りにした
《血留》の子等は
激しく泣くであったろうが
村の入口の
鯛崎の鼻で
わたしの名が喚ばれる
《あなにやし　えをとこを》

《あなにやし　えをとめを》
内部ではなく
外部に
わたしの名が喚ばれ
岡ノ辺の
　　　鵜籠りの
　　　　　焼けた石が
二夜にわたって
　　　　　　　堅められ
きのうのわたしである
《血留》の子等は

七折の　骨の
棒を　再び
折る

琉島記

青の灰皿に
おしつぶしている
波のうえのしおり
眼をあげると
うつむいていたひとの
すがたが見えない

わたしは
ラッシュのひと波にまどわされて
ミミガー
うつむいていたひとを
たどることができないでいる

*

マチャグワーから
マチャグワーへ
南南西に

街は　溶けてゆき
いちどは
がかいした新開の街に
わたしは
発熱を繰りかえしている

*

ここは
いったい
何処なのか

首座　と
名づけられた
塩の街か

赤木の風におされて
わたしは
（言葉を
　　　　閉じ）
（こころを
　　　　閉じ）
イモリ・ヤモリの樋川（ヒージャー）を

のぞきこんでいる
（おまえは
ここへ
なにをしにきた）

*

見えるものと　見えないもの
見えるものは
　　　　とどかず
見えないものに

しりぞけられる

夜から夜の
丘の闇に
ユーサの月の
こいしい
火の人穴に
わたしは
降りてゆく

＊

もう
誰が
誰かわからない
ウルトラマリンの青い薄明に
わたしは後退する

（こたえてください）
（石の声に）
（丘の…）
（闇の…）
（骨の声に）

（こたえてください）

*

むなしい誓い

あらわれては消えていく
サンゴ礁の
むしばまれしめつした
しろい渚に
声をうしない

わたしは
二、三の日付の
滞在を
数えている

*

受話器の
向こう　の
冷えている夜

海をこえて？
ひとりで？
ええ　ひとりで

「屋敷」のための断片

a

ひとの気配は
去った
一室の高橋某は
文机から

眼をはなし
額の熱を
計測している
引いていない
その熱
水薬を
少量嚥下し
ふたたび
高橋某は
文机の上の
褐色の書物

エリザベス朝時代に
眼をおとす
その日
彼は日誌に
次のように記している

『ぼくは多くの意志をもつ
ている――しかし、残
された時間はもうほとん
どない。

数学。文法。――物語』

b

――土手の上は、涼しい。
と、
わたしは書く。

*

夜になると冷えてくる、高橋某の
屋敷。
詳らかにしない、その没落の経緯。

湯気を立てている、笊の中の《菱
の実》。
（夕刻、われわれが土手の下の斜
池…ハスイケ…から摘み採ってき
た）
地酒の一升瓶を囲み、その《菱の
実》を口に運んでいる、われわれ

小学の友。
その、こもごもの、《懐旧》談。

石屋の、樽屋の、紺屋の、質屋の、
米屋の、息子たち。

(家業はすでに廃れ、かつて生業
とした屋号とその屋敷だけが、彼
らに残されていた)

東海

尋ネラレタヒトハ
ワタシデハナク
イツモ
ワタシデハナク
彼等ノ日カラ
——ワタシハ
イツモ

欠落シテイル

叫び

ひとつの叫びがもうひとつの叫びの上にかさなる
　夜明けまえの閉ざされた口に
もうひとつの叫びがかさなる
員数をかぞえあげられ
　　たベッドの
閉ざされた同数の口が恐慌にひらかれ　火のかた

わらでふるえている

まだここに

まだここにある、まだここにある
光ある寝台に、
病めるは、我が子。

月の上の対話

オマエノ、
肉ノ穴トイウ穴ニ、詰メコマレタ、
コルクノ黒イ栓。

七月ノ木ノ葉の上ヲ、這ッテイク、
カタツムリノ、
ミニクイ、匍匐。

――もう、話しかけることもない、
きみとの、
月の上での、
対話。

葉

誰も　さわるな
ぼくに　さわるな

葉の化石

きみの眠りを
　　ぼくは眠るのだ

生物

コップ、灰皿、ボール・ペン。
ぼくはここにいて、
きみはここにいない。
グラスの向こうの
書物の小さな印字。
地上に
姿をみせるやいなや、

もう腐敗がはじまる、
地表の、数個の
胚子。
だから、
後がつづかない。
きみとの、最後の
夜が、降りてくる。

庚申庵まで

（眼を閉じよ
ぼくは消滅する）

窓越しに…
島影が見え…

西ノ岡に

砂塵が舞っている

きみのたてがみを
雁皮にしるして

波の音が聞こえたね
砂まじりの風も…

外湯をまわって
味酒へそして竹林の

庚申庵まで
一茶を歩いたね

伊予にとどめる
墨をさらして

ぼくのジャケットを
きみが羽織ってた

その日も同じ
遠霞の日だったね

吉田

著　者　栗原洋一
発行者　木村栄治
印刷所　大晃企画
製本所　並木製本
発行所　七月堂
〒154　東京都世田谷区梅丘一丁目二四番二号
電話　〇三―四二六―五九七二
発行日　一九九〇年七月五日
定　価　二四〇〇円〔本体二三三〇円〕

吉田（よしだ）（新装版）

発行日　二〇〇九年一月二五日
二〇一九年一一月一日　二刷改版
著　者　栗原洋一（くりはらよういち）
発行者　知念　明子
発行所　七　月　堂
〒一五六―〇〇四三　東京都世田谷区松原二―二六―六
電話　〇三―三三二五―五七一七
FAX　〇三―三三二五―五七三一
印　刷　タイヨー美術印刷
製　本　井関製本

©2019 Kurihara Yoichi
Printed in Japan
ISBN 978-4-87944-388-5　C0092
乱丁本・落丁本はお取り替えいたします。